LES PETITS LIVRES DE M. LE CURÉ,
Bibliothèque du Presbytère, de la Famille et des Écoles.

LE JEUNE ARTISTE,

PAR

S.-H. BERTHOUD.

PAUL MELLIER, ÉDITEUR,
PLACE SAINT-ANDRÉ-DES-ARTS, 11.

centimes broché ; 35 centimes cartonné. 74

LE

JEUNE ARTISTE.

Approbation de Mgr l'Archevêque de Paris.

DENIS-AUGUSTE AFFRE, par la miséricorde divine et la grâce du Saint-Siége Apostolique, Archevêque de Paris.

MM. Plon et Paul Mellier, éditeurs, ayant soumis à notre approbation les ouvrages ci-dessous indiqués, faisant partie d'une collection ayant pour titre : LES PETITS LIVRES DE M. LE CURÉ, BIBLIOTHÈQUE DU PRESBYTÈRE, DE LA FAMILLE ET DES ÉCOLES, savoir : *Vies de l'abbé de l'Épée, de l'abbé Sicard et Haüy*, 1 vol.; *les Petits enfants célèbres*, 1 vol.; *le Jeune Artiste*, 1 vol.; *Prudence*, 1 vol.; *Blanche et Martha*, 1 vol.; *la Madonè*, 1 vol.; *la Petite Vivandière*, 1 vol.

Nous les avons fait examiner, et, sur le rapport favorable qui nous en a été fait, nous avons cru pouvoir les recommander comme offrant aux personnes auxquelles ils sont destinés une lecture intéressante et sans danger.

Donné à Paris, sous le seing de notre Vicaire-Général, le sceau de nos armes et le contre-seing de notre Secrétaire, le dix-huit septembre mil huit cent quarante-cinq.

F. DUPANLOUP, *Vicaire-Général.*

Par Mandement de Monseigneur
l'Archevêque de Paris :

P. CRUICE, *Secrétaire de la Commission.*

IMPRIMÉ PAR PLON FRÈRES, A PARIS.

LES

PETITS LIVRES DE M. LE CURÉ,

BIBLIOTHÈQUE

du Presbytère, de la Famille et des Écoles.

LE

JEUNE ARTISTE,

PAR

S. H. BERTHOUD.

PARIS.

CHEZ PAUL MELLIER, ÉDITEUR,

PLACE SAINT-ANDRÉ-DES-ARTS, 11.

LE

JEUNE ARTISTE.

I.

Qu'il faut rester à sa niche.

Vers la fin du mois de mai 1556, un joli petit chien, âgé de huit mois environ, sortit de la cour dans laquelle il était né, et où il menait une vie heureuse près de sa mère, et grâce à la bonté de son maître Pedro Ribeira, cabaretier du faubourg de Placentia, en Estramadure.

Ce ne fut point sans hésitation qu'il entreprit cette excursion hasardée et illicite. D'abord il avança sa jolie tête blanche, que ceignait sur le front une brillante tache noire, et ne risqua dehors que son museau effilé et ses soyeuses oreilles qui retombaient de chaque côté, comme les plis d'une mantille. Ensuite il allongea une de ses pattes garnies de belles manchettes de poils, et leva l'autre qu'il tint suspendue en l'air, prête à faire un second pas.

Dans cette attitude, il regarda autour de lui, et ses yeux étincelants de curiosité et de désirs dévorèrent l'espace qui s'étendait de toutes parts immense et varié. A droite, des montagnes montraient leurs croupes gigantesques et dressaient jusque dans les nues leurs couronnes d'arbres et de villages; à gauche, Placentia, confus amas de maisons, de rues et d'édifices, était dominée par le monastère de Saint-Just. En face, un lac pur et large réfléchissait les rayons du soleil, et semblait une splendide plaine de lumière; des petits oiseaux volaient çà et là sur les bords, ou bien planaient au-dessus et effleuraient de leurs ailes les vagues légères que formait le souffle caressant d'un faible vent du midi.

L'épagneul, en arrêt et le cœur palpitant, exprimait par les ondulations de sa queue panachée les tumultueux mouvements de son cœur et de sa pensée. Il tourna la tête vers sa mère, qui dormait, paisiblement blottie, à l'ombre, sur la paille de l'écurie, et il regarda son maître qui, ne soupçonnant point que la porte était ouverte, pansait le cheval avec lequel il venait de faire une longue et fatigante course. A la vue de celle qui le nourrissait de son lait et du jeune garçon qui aimait tant à le caresser, il se sentit pris de remords, et fit un mouvement pour rentrer. Hélas! un chien qui s'ébattait à vingt pas de là sur l'herbe, qui sautait, qui gambadait, qui poursuivait les oiseaux, rendit à l'ingrat toute son ardeur de vagabondage. Prompt comme l'éclair, il s'élança, franchit la plaine, et alla se cacher derrière un buisson.

A peine s'était-il réfugié sous cet abri, qu'il entendit le sifflet de son maître, et qu'il vit sa mère accourir avec inquiétude sur le seuil.

La pauvre bête, éperdue, désolée, pleurait et jetait des cris plaintifs. Le sifflet répéta son appel aigu... rien ne ramena le fugitif au repentir et à ses devoirs. Sans respect pour son maître, sans pitié pour la douleur de sa mère, il s'éloigna doucement, à pas de loup, évitant de se montrer et rampant de buisson en buisson ; il marcha ainsi au hasard durant plus d'une heure.

Quand il s'arrêta, haletant et vaincu par la chaleur, il aperçut, bien loin derrière lui, le lac lumineux qui était tout à l'heure devant lui. Quant à la maison de son maître, elle avait disparu à l'horizon.

L'épagneul se sentit alors plus embarrassé que joyeux de sa coupable liberté. Tout lui faisait peur ; au moindre bruit il se couchait à plat ventre, l'oreille au guet, l'œil effaré et le cœur en transes. Tout à coup il entendit un gros aboiement, il voulut se cacher ; mais il était trop tard, il avait été aperçu par un énorme dogue, qui accourut vers lui en montrant de longues dents blanches et une gueule formidable. Le petit chien prit la fuite et recourut à ses jambes pour se soustraire aux poursuites d'un si redoutable assaillant ; mais bientôt le dogue l'atteignit, le heurta violemment, et, après l'avoir honteusement pillé et roulé dans la fange, le laissa meurtri, couvert de boue et blessé à l'oreille.

Revenu tout à fait à de bons sentiments par cette mésaventure, le fugitif résolut alors de reprendre le chemin de sa maison et d'aller rejoindre sa mère et son maître. Il s'orienta du mieux qu'il put, flaira de droite et de gauche, et se mit en route à grands pas.

Plus d'une fois les épines, les ronces déchirèrent son pelage, plus d'une fois ses pattes se blessèrent aux cailloux du chemin ; mais à peine y prit-il garde, tant il avait d'impatience de se trouver en lieu sûr, tant la peur accélérait sa marche. En effet, le soleil descendait rapidement à l'horizon ; de gros nuages amoncelés sur le ciel commençaient déjà à produire une sinistre obscurité, et de larges gouttes d'eau qui tombaient de temps à autre produisaient sur le feuillage un bruit alarmant.

L'épagneul monta sur une hauteur pour reconnaître des yeux en quels lieux il se trouvait. Hélas ! loin de se rapprocher du logis de son maître, il s'en était éloigné. De toutes parts on ne voyait que des pays inconnus.

Il se laissa tomber à terre, vaincu par la fatigue et par la terreur.

Cependant, la nuit commençait à jeter de

toutes parts des ombres épaisses, que sillonnaient de temps à autre des éclairs formidables. Le tonnerre grondait au loin, et semblait s'approcher ; les arbres agitaient leurs rameaux avec anxiété ; le vent mugissait : une tempête horrible ne tarda point à éclater. En vain l'épagneul se réfugia au plus épais d'un fourré ;

la pluie qui tombait avec violence l'accabla de ses torrents glacés, et ne lui laissa pas un moment de repos durant la nuit entière. Ce fut seulement bien long-temps après le retour de la clarté, qu'un faible rayon de soleil s'échappa d'entre deux nuages, et vint réchauffer un peu l'infortuné qui frissonnait douloureusement et que l'œil même de sa mère eût hésité à reconnaître. Son œil était éteint, une eau fangeuse ruisselait de tous ses membres, déshonorait sa fourrure et le faisait ressembler à un chien de mendiant.

Quand il fut parvenu à se sécher un peu, sa mine n'en devint encore que plus piteuse; car une poussière pleine d'âpreté hérissait son poil et le ternissait, tandis que des grelots de terre pendaient à ses oreilles et nouaient les longs poils de ses pattes. Quand il s'approcha d'un petit ruisseau pour s'y regarder, il recula saisi de terreur, et il leva la tête vers le ciel pour y jeter un cri de détresse et de merci.

Pauvre chien, il n'en était encore qu'aux premières et aux moindres expiations de sa faute!

Le soleil sécha, il est vrai, l'épagneul, et lui rendit de la force, mais en même temps il lui donna une faim énergique qui lui rappela que, depuis la veille au matin, il n'avait pas mangé.

Il regarda autour de lui. Rien qui pût apaiser sa faim! Rien que des petits oiseaux qui s'envolaient de loin dès qu'ils le voyaient se diriger vers eux, et qui, du haut de quelque branche d'arbre inabordable, jetaient des cris railleurs.

Des brins de chiendent et un vieux reste de pain moisi, rebut des moineaux et dont l'aspect seul soulevait le cœur, furent les seuls aliments par lesquels il put, non pas apaiser, mais tromper sa faim.

Il se mit ensuite à marcher désespérément devant lui au hasard, sans rien qui pût le guider. Il arriva de la sorte dans une grande plaine sablonneuse, exposée de toutes parts au soleil, et au bout de laquelle se trouvait une rivière si rapide et si large qu'il était impossible de la franchir à la nage. Là, il s'arrêta affaibli par la fatigue et par le besoin de manger, brûlé par le soleil, qui tombait d'aplomb sur lui; et nulle part un arbre pour s'abriter, aucun espoir de salut! la mort, une mort lente et pleine de tortures! L'infortuné se laissa tomber sur le sable et y demeura sans connaissance durant plusieurs heures.

Quand il revint à lui, ce fut une violente douleur qui le tira de son évanouissement; cinq à six polissons en guenilles l'entouraient, et l'un d'eux, le plus grand, le tenait suspendu en l'air par les pattes de derrière. En le voyant ouvrir les yeux et se débattre faiblement, ils jetèrent des cris de joie.

« Il faut le faire courir et le tuer à coups de pierres, proposa l'un d'eux.

— Oui ! oui. »

Et ils s'armèrent de pierres, après avoir jeté à cinq ou six pas l'épagneul. Bientôt un caillou siffla et vint frapper le chien dans le flanc. Il voulut se lever pour fuir, mais il retomba sans force, après un effort inutile. Deux autres pierres le blessèrent sans le faire bouger de place.

En ce moment survint un autre jeune garçon, il portait sur son dos un portefeuille lié à un havre-sac, et tenait à la main un bâton dont il s'aidait pour marcher.

« Holà ! dit-il, n'avez-vous donc pas pitié de ce pauvre animal ? laissez-le mourir en repos. »

Un éclat de rire général des polissons répondit à ces paroles de pitié.

« De quoi te mêles-tu ? demanda le plus grand, celui qui tout à l'heure tenait l'épagneul par les pattes de derrière. Passe ton chemin, et mêle-toi de tes affaires, ou tu pourrais bien toi-même sentir quelque pierre te caresser les oreilles. »

Le jeune homme, sans répondre, quitta le havre-sac qu'il portait sur ses épaules, le déposa contre une grosse pierre, et fit tournoyer son bâton d'une manière pleine d'habileté et de menace.

« Voyons, s'écria-t-il, qui de vous autres veut m'interdire la parole et me caresser les oreilles à coups de pierres ? Je serais désireux de le connaître. »

Les enfants se regardèrent en silence, et la mine déterminée du nouveau venu sembla produire sur eux une vive impression. Apparemment qu'il s'attendait à cet effet, car il cessa son moulinet et replaça à terre l'un des bouts de son bâton.

« Maintenant, reprit-il, laisse là ce pauvre chien, ou si tu t'occupes de lui, que ce soit pour lui donner un morceau de pain et chercher à le ranimer.

— Je sais un moyen plus certain de le ranimer, répliqua celui à qui s'adressait cette injonction. Tu vas le voir jouer des pattes vivement et de manière à prouver qu'il n'était pas mort. »

En disant cela, il prit l'épagneul, et le jeta, par un mouvement violent et prompt, au milieu de la rivière.

En effet, l'épagneul, quand il eut compris le péril dans lequel il se trouvait, allongea les pattes, nagea durant quelques secondes et voulut regagner le bord ; mais la rivière était si grande et le pauvret était si faible, que bientôt on l'entendit jeter un cri plaintif et cesser de nager.

Le jeune étranger, qui suivait de la rive, avec anxiété, les mouvements du malheureux, et qui s'était dépouillé à tout événement de sa veste, n'hésita point alors à se jeter dans la rivière pour venir en aide à l'infortuné dont il s'était fait le protecteur.

Par malheur, ce n'était point chose facile que de sauver le noyé ; car, je vous l'ai dit, le courant était d'une violence extrême, et des rochers aigus qui sortaient çà et là de l'eau ajoutaient à la difficulté de nager dans cette espèce de torrent.

II.

Un moine.

Lorsque les enfants virent le jeune garçon dans la rivière, luttant contre la violence de l'eau et cherchant à sauver le chien, ils oublièrent leur querelle et leur animosité pour ne plus s'occuper que du drame qui se passait devant leurs yeux, et dont l'étranger était le héros principal.

Le chien, immobile et les pattes en l'air, flottait au hasard sur le dos, entraîné par le courant ; tantôt il se jetait contre les pointes du rocher, qui repoussait avec fracas les flots brisés par ces masses inabordables pour le nageur ; tantôt il glissait avec la rapidité d'un poisson et fuyait sous la main du jeune homme, au moment où elle s'étendait pour le saisir. Quoique blessé à la poitrine et à la main, celui-ci n'en poursuivait pas sa résolution avec moins de persévérance et d'énergie. Durant plus de dix minutes il évita les écueils avec une adresse, un sang-froid et un courage dont se fût honoré un homme fait. A la fin, le fil de l'eau dégagea le chien des rochers et lui fit gagner le large de la rivière. Son libérateur, joyeux, s'élança à sa poursuite et allait l'atteindre, lorsqu'un cri de détresse et de sympathie s'éleva du rivage pour compatir à son désappointement. Le chien venait de couler bas et de disparaître sous les flots.

Le jeune homme, sans hésiter, plongea et resta près d'une minute sous l'eau, dont bientôt aucun pli ne troublait plus la surface. Les enfants le croyaient déjà perdu et victime de son dévouement, lorsqu'ils le virent reparaître à vingt pas plus loin. Il nageait d'une main et de l'autre soutenait le chien. Quand il approcha du bord, ceux qui naguère lui avaient fait un si mauvais accueil s'empressèrent autour de lui pour l'aider à sortir de la rivière, le féliciter, l'embrasser et lui serrer la main. Les uns lui présentaient des fruits, les autres lui donnaient à boire ce que contenait leur gourde ; les plus intelligents voulaient le dépouiller de ses habits pour les faire sécher au soleil, et lui offraient leurs propres vêtements afin qu'il se réchauffât.

« Ne pensons pas à moi, s'écria-t-il gaiement, mes habits sécheront à merveille sur mon corps; il faut d'abord et avant tout sauver cette pauvre bête. »

En disant cela, il essuyait le chien, et cherchait à le ranimer en l'enveloppant des vestes qu'on lui avait apportées pour qu'il s'en couvrît lui-même. Il cherchait, en outre, à lui faire rendre l'eau qu'il avait bue, lui soufflait dans la gueule de l'air tiède, et promenait doucement sa main sur le ventre gonflé du pauvre animal.

Tant de soins restèrent superflus.

« Il est mort! » murmura l'un des enfants.

Apparemment le jeune étranger partageait cette opinion, car il déposa le chien à terre et le regarda d'un air découragé et les yeux pleins de larmes.

« Tout espoir n'est peut-être pas perdu, » fit une voix derrière le groupe des enfants. Ils se retournèrent et virent un moine en costume de novice.

« Mon fils, lui dit-il, j'ai vu le courage que tu as montré pour sauver ce chien. Tu es un garçon de cœur, et je pense que tu n'auras pas à te repentir de ce que tu as fait. Mais allons d'abord au plus pressé, avisons à ranimer le noyé, si la chose est encore possible. »

Il tira de sa poche un flacon et le plaça sous le nez du chien. Telle était l'énergie de la liqueur contenue dans la petite bouteille que le chien ne tarda pas à éternuer.

Après avoir donné ce signe de vie, qui produisit une grande impression de joie sur tous les spectateurs, il commença à étendre les pattes, entr'ouvrit les yeux, et laissa échapper un faible gémissement.

« Personne de vous n'a-t-il pas quelque aliment pour ce chien ? demanda le moine ; je crois que la faim entre pour beaucoup dans son état de faiblesse. »

Aussitôt, dix mains s'étendirent pour présenter ce qu'elles avaient de plus friand dans leur besace. Le vieillard choisit un morceau de pain imprégné de sauce d'*olla podrida*, et en plaça quelques miettes sur les lèvres du malade. Celui-ci allongea la langue et mangea les bribes. Un morceau plus gros reçut le même accueil. Dix minutes après, l'épagneul couché aux pieds du jeune étranger, achevait de ronger un os, et les yeux attachés sur son sauveur remuait doucement la queue.

« Maintenant, mon ami, dit le moine, te voilà

rassuré sur le sort de ton protégé, et tu peux me dire d'où tu viens, ce qui t'amène dans ce pays, et quels objets contient le carton que je vois là attaché sous ton havre-sac.

— Mon histoire n'est pas longue, mon frère, mais elle est triste et je ne peux guère en parler sans verser des larmes.

— Il y a huit mois, j'étais encore le plus heureux des enfants de Kativa, dans la province de Valence. Mon père était le secrétaire de l'alcade, et vivait du revenu de sa petite place avec ma mère et moi. Tout le temps que ses fonctions ne l'occupaient pas, il l'employait à me donner les éléments d'une bonne éducation. C'est ainsi que j'appris à lire, à écrire et à dessiner. Mon père et ma mère se réjouissaient quand ils voyaient les progrès que je faisais dans ce dernier art; et si des étrangers venaient à traverser notre village, on ne manquait pas de leur montrer mes dessins. La plupart du temps ces étrangers témoignaient une grande surprise, achetaient mes barbouillages et me prédisaient qu'un jour j'acquerrais un grand talent.

» Lorsqu'ils disaient cela, mon père essuyait une larme de joie, et ma mère m'embrassait. Il arriva qu'un après-midi mon père rentra pâle et souffrant. Il se plaignit d'une violente douleur à la tête, refusa de souper avec nous et alla se mettre au lit. La nuit venue j'allai, suivant mon habitude de chaque jour, lui demander sa bénédiction avant de me coucher. Il ne répondit pas. Il dort, pensai-je, et je m'éloignai doucement sur la pointe du pied pour ne pas l'éveiller. A peine avais-je franchi la porte, qu'un pressentiment affreux me saisit tout à coup ; je reviens sur mes pas, j'allai au lit de mon père. Jamais je ne l'avais vu si pâle : je pris sa main ; sa main était glacée.

» Au cri que je jetai, ma mère accourut ; elle regarda mon père avec des yeux pleins d'égarement, passa sa main sur le front livide du cadavre et se prit à rire d'un rire insensé.

— Chut ! chut ! dit-elle, il dort, ne va pas le réveiller. Attends, pour l'endormir, je veux lui dire sa chanson favorite, celle qu'il aime le mieux. »

» Elle sauta sur le lit, prit la tête de mon père sur ses genoux, et se mit à le bercer en disant à mi-voix une seguedilla.

» Ainsi dans la même journée Dieu me frappait de deux coups terribles. Il m'ôtait mon père et privait ma mère de sa raison.

» Quand les prêtres vinrent pour enlever le corps de mon père et l'emmener à l'église, ma mère, naguère si douce et si timide, entra dans un violent accès de colère. Elle les menaça, elle les frappa, et quand je voulus l'arrêter, elle usa de la même violence à mon égard.

» Il fallut que les témoins de cette triste scène se jetassent sur elle, et la garottassent avec des cordes. Ma mère, ainsi liée !... Oh ! combien j'enviai, dans ce funeste moment, le sort de mon père ! combien j'aurais voulu mourir !

» Le temps ne fit qu'empirer l'état de la pauvre insensée. Mes soins, loin de la calmer, ne servaient qu'à aigrir son mal. J'appris alors qu'il se trouvait à Valence un médecin dont la science savait, sinon guérir, du moins calmer une si cruelle maladie. J'allai le trouver, il me demanda, pour recueillir chez lui et pour traiter ma mère, une somme qui dépassait de beaucoup tout ce que je possédais. Je vendis la petite maison que m'avait laissée mon père, son jardin, ses livres, et je pris l'engagement d'envoyer de mois en mois la somme nécessaire pour compléter le prix de la pension de ma mère.

» Je comptais gagner cet argent par mon talent de dessinateur. Hélas ! il suffit à peine à me donner du pain. Partout on me rebute, partout on sourit quand je présente mes dessins, partout on refuse de les acheter. Cependant, le temps s'écoule. Si dans quinze jours je n'ai point fait parvenir au docteur l'argent que je lui dois, il chassera ma pauvre mère de son asile... Aussi, tout à l'heure, en luttant contre la violence de la rivière, j'aurais voulu mourir.

— Mon enfant, dit le moine, il ne faut pas désespérer ainsi de la Providence. Vous êtes un bon fils et un garçon courageux. Dieu peut vous éprouver, mais non pas vous abandonner. Ingrat ! Peut-être n'a-t-il naguère ôté de son trône un des plus puissants de la terre que pour vous donner aujourd'hui l'aide dont vous avez besoin, vous pauvre fils d'un obscur scribe d'alcade.

» Comment se nomme votre mère?

— Marguerite Gil, veuve de Luis Ribeira.

— Et le médecin chez lequel elle demeure?

— Le docteur Barrachido, à Valence.

— C'est bien. Maintenant accompagnez-moi au couvent de Saint-Just, où je suis novice. J'espère qu'à ma demande on voudra bien vous y accorder l'hospitalité. Demain nous aviserons, s'il est possible, à vous venir en aide... Allons, venez... Nous voici amis intimes et je ne sais pas encore votre nom.

— Josef.

— Eh bien, Josef, accompagne-moi. »

Le jeune garçon se leva, remit sa veste sur sa chemise encore humide et se disposa à faire route avec le religieux. Le petit chien, en voyant son sauveur se disposer à partir, vint à lui la tête basse et la queue frétillante, comme pour lui demander la permission de le suivre. Josef caressa de la main le dos du pauvre animal qui se mit à bondir avec joie et à montrer une pétulance fort rassurante pour sa santé. Tous les trois se mirent en marche. Chemin faisant, Josef considéra le moine avec attention, et il faut bien en faire l'aveu, le résultat de cet examen ne se résuma pas trop à l'avantage du religieux. Il était de petite taille, marchait avec difficulté et cachait, sous d'épais sourcils roux, deux petits yeux dont la finesse eût mieux convenu à un marchand qu'à un habitant du cloître. Sa longue barbe rousse, sa bouche mince et ses lèvres pâles, jointes à je ne sais quoi de mystérieux et d'équivoque répandu sur toute sa personne, le rendaient un objet de défiance pour le jeune Valencien, qui se demandait en

outre comment à l'âge de soixante ans qu'annonçait le moine, il n'était encore arrivé qu'à porter la robe de novice.

Quand ils furent arrivés au couvent de Saint-Just, le moine heurta rudement le marteau de la porte. Un vieux religieux accourut pour ouvrir.

« C'est vous, frère Arsène, s'écria-t-il ; je vous aurais reconnu rien qu'à la manière dont vous frappez. Et dans quelle compagnie venez-vous donc ici ? Vous savez bien que notre abbé n'a consenti qu'à vous laisser deux domestiques pour vous servir. Cet étranger ne peut donc être admis dans le couvent. Quant au chien, les règles de l'ordre en interdisent formellement l'entrée.

Le novice fronça le sourcil et répliqua :

« Je fais mon affaire de tout ceci, laissez passer le jeune homme et le chien.

III.

Qui va bien.

Après avoir fait traverser à son protégé et à l'épagneul un long corridor formé par des cellules, le novice arriva dans une cour étroite, au fond de laquelle se trouvait un petit corps de logis isolé.

Dans la première pièce de ce pavillon, un jeune homme écrivait devant une table et un domestique déjà vieux dormait sur un fauteuil de bois. A la vue du religieux, tous les deux se levèrent avec respect. Frère Arsène dit quelques mots tout bas au secrétaire, donna des ordres avec le même mystère au valet, et introduisit Josef dans une chambre que garnissaient, de haut en bas, des horloges de toutes les façons ; à peine restait-il place pour un grabat étroit et dur, et pour deux chaises grossières.

« Tu le vois, mon enfant, dit-il à son protégé, l'asile que j'ai eu tant de peine à obtenir pour toi cette nuit n'est pas bien brillant, mais au moins tu y trouveras, ainsi que ton chien, un abri contre le froid et un souper assuré.

Procédons d'abord au souper. »

Il ouvrit une armoire, en tira du fromage de chèvre, des fruits secs, du pain de seigle et une outre encore à demi pleine de vin. Il plaça lui-même tous ces mets sur une table qu'il alla chercher dans l'antichambre, disposa deux couverts, et, après avoir récité le *Benedicite*, invita le jeune garçon à s'asseoir et à manger.

Celui-ci ne se le fit point dire deux fois, et commença à jouer des dents de manière à dérider l'homme le plus sérieux ; frère Arsène ne pouvait se lasser de regarder avec quel infatigable appétit l'enfant attaquait chacun des plats et les dégarnissait en quelques instants; l'outre n'était pas oubliée non plus et recevait de fréquentes accolades. Quant au chien, la tête appuyée sur les genoux de son maître, il tenait, attachés sur lui, des regards quémandeurs, et plus d'un morceau, au lieu de monter jusqu'aux lèvres de Ribeira, tombait dans la gueule entr'ouverte du bon animal, qui semblait n'avoir gardé, de ses périls et de ses souffrances de la journée, qu'une formidable faim.

Le repas terminé et les grâces dites :

« Maintenant, Josef, vous allez vous coucher sur ce lit, » dit le moine, qui avait à peine bu quelques cuillerées de lait.

Josef regarda autour lui et ne vit pas d'autre couche.

« Assurément, mon frère, répliqua-t-il, je n'aurai pas, moi qui suis jeune, l'outrecuidance d'accepter votre propre lit et de vous laisser passer une mauvaise nuit. Je dormirai à merveille sur ce plancher. Ce n'est pas la première fois que je repose sur du bois; je n'ai même pas toujours eu d'aussi bonnes couches, et je ne pourrais pas fermer l'œil si je pensais que je goûte mon sommeil aux dépens du vôtre.

— Il y a bien des années que je ne dors plus, repartit le moine; obéis-moi donc, et jette-toi sur ce lit. » L'enfant, que son appétit satisfait, le bain froid et les fatigues de la journée faisaient tomber de sommeil, obéit à cette injonction et se plaça sur la couche du moine. Le chien, sans autre façon, s'établit, par un bond audacieux, sur les pieds de son maître, où il se blottit voluptueusement ; cinq minutes ne s'étaient pas écoulées que la respiration égale et douce des deux amis attestait de quel calme et bon sommeil ils dormaient profondément.

Frère Arsène les considéra en silence et tomba peu à peu dans une profonde méditation; il finit par appuyer sa tête contre la muraille et ne tarda point à s'assoupir. Il s'agenouilla devant un crucifix en bois, et pria avec ferveur en répandant des larmes. Enfin le jour parut et sembla lui rendre un peu de calme.

« Il dort encore, dit-il en regardant Josef, dont un sourire paisible entr'ouvrait les lèvres rouges comme des cerises; il dort encore! Si des rêves ont traversé son sommeil, c'étaient quelque idée riante, quelque brillant espoir de l'avenir. Oh! la jeunesse! la jeunesse! trésor précieux entre tous les trésors, que ne vous possédé-je comme vous possède cet enfant, fût-ce au prix de la douleur et de la misère! »

Le premier des deux amis qui s'éveilla fut l'épagneul ; sa longue oreille soyeuse se souleva au bruit léger que fit le moine en portant à ses lèvres un vase plein de lait.

Aussitôt, par un saut souple et vif, le chien sauta du lit, et vint ramper aux pieds du vieillard, non sans lui exprimer, par une plaintive sollicitation et par les frétillements de la queue, le désir qu'il éprouvait de prendre sa part du déjeuner. Il obtint ce qu'il désirait, et, en un clin d'œil, il eut lappé tout le breuvage que contenait la tasse de bois déposée complaisamment à terre par frère Arsène. Cette prouesse accomplie, le joyeux animal estima sans doute que son maître dormait trop long-temps, posa ses pattes de devant sur le lit et passa légèrement le bout de sa langue rose sur le front de Josef. Celui-ci s'éveilla, revêtit ses vêtements, récita sa prière, et vint baiser la main du moine, non sans donner en passant une caresse à la tête de l'épagneul.

« Nous avons ce matin beaucoup de choses sérieuses à faire, dit frère Arsène, qui semblait épier à la fenêtre l'arrivée de quelqu'un.

— Des choses sérieuses? demanda Josef.

— Oui, répéta frère Arsène sans quitter son poste d'observation; d'abord il faut trouver un nom à ton chien.

— Je voudrais que ce nom lui fût donné par vous, car il me rappellerait sans cesse les bontés que vous avez eues pour un pauvre orphelin.

« Eh! bien, soit; je crois que ce chien que tu t'es conquis par une bonne action est destiné à te porter bonheur : appelle-le donc *Talisman*.

— Merci, mon frère ; il portera désormais ce nom. Quant à me porter bonheur, il l'a déjà fait, puisque, grâce à lui, je vous dois l'hospitalité, un bon souper, et, ce qui vaut mieux encore, un bon accueil.

— Ajoute encore un déjeuner que je vais te servir tout à l'heure, interrompit le moine en riant. J'epère même ajouter à ce repas un dessert qui sera de ton goût. »

En ce moment, Talisman aboya et courut vers la fenêtre sous laquelle se faisait entendre le galop d'un cheval ; frère Arsène sortit précipitamment et revint quelques instants après. Sa physionomie exprimait à la fois la satisfaction et le mystère :

« Josef, dit-il, j'ai voulu me donner une heure de joie par la pensée que je vais te rendre aussi heureux que tu peux humainement le devenir. Ce coffret contient la réalisation de tes vœux les plus ardents. Voyons si je les ai bien devinés : quelles sont les trois choses que tu désires avant tout ?

— La guérison de ma mère, s'écria l'enfant.

— Je ne suis pas un saint, mon ami, et Dieu n'accorde plus à personne, dans le siècle où nous vivons, le don des miracles. Je ne puis guérir ta mère, mais je puis du moins adoucir son sort. Voici le brevet d'une pension qui lui donne une existence assurée dans la maison de son médecin, jusqu'au jour où Dieu la rappellera à lui.

— Merci, oh ! merci, bégaya Josef en fondant en larmes, merci pour tant de générosité. Je n'ai plus rien à désirer maintenant, mon frère.

— J'avais pensé que cent écus d'or et un cheval pour te rendre à Rome et y étudier l'art de la peinture ne te seraient point désagréables. »

Josef regarda le moine avec stupéfaction. Ses yeux resplendissaient d'une flamme étrange, ses lèvres voulaient parler et ne pouvaient que s'agiter convulsivement sans proférer de son. Il tomba aux genoux de frère Arsène et saisit sa main qu'il couvrit de baisers.

Talisman, qui regardait cette scène avec inquiétude, vint lécher les larmes qui baignaient le visage de son maître, et montra les dents au religieux qu'il supposait être l'auteur des chagrins de l'enfant.

« Vous voulez donc que je meure de joie et de reconnaissance, put dire enfin le petit

Espagnol. Comment reconnaître tant de bienfaits ?

— En priant Dieu pour moi, mon enfant, en te conduisant comme un honnête homme, en parvenant à te conquérir de la renommée par tes propres efforts, par ton talent seul, sans moyens indignes d'un chrétien, sans regrets, sans remords surtout. Depuis bien des années, voici le seul vrai moment de bonheur que j'éprouve, ta joie et ta reconnaissance naïves me les valent.

— Votre nom prendra place soir et matin dans mes prières ; il sera sans cesse présent à ma pensée et à mes lèvres.

— Je t'ai promis l'accomplissement d'un troisième vœu ; forme-le.

L'enfant rougit et hésita.

« Tu balances, tu n'oses parler ? n'as-tu point ma promesse ? Voyons, mets ta crainte de côté et exprimes-toi plus franchement.

— Le plus cher vœu de mon cœur maintenant, serait de connaître le nom que mon bienfaiteur portait dans le monde avant de prendre le froc ? »

Le front du religieux se rembrunit.

« Ne préfères-tu pas, à la révélation de ce secret qui doit t'importer médiocrement, le brevet d'une pension de cent écus romains durant le séjour de cinq années que tu feras en Italie ?

— Si j'ai commis une indiscrétion, répondit Josef, daignez me le pardonner. Je vous rends votre promesse, mais permettez-moi de ne point accepter vos nouveaux bienfaits. Je ne veux point vous vendre ma renonciation à un désir formé témérairement.

— J'ai promis d'accomplir tous tes vœux, dit frère Arsène, et je veux tenir ma promesse, mais à la condition que tu accepteras les cent écus romains. Mon enfant, le pauvre moine que tu as vu te servant dans sa cellule et de sa propre main s'appelait, quand il vivait dans le monde, l'empereur Charles-Quint. »

Josef tomba à genoux.

« L'empereur ! murmura-t-il, l'empereur ! celui dont la renommée s'étend aux extrémités les plus reculées de la terre. L'empereur dans ce couvent, sous l'habit d'un novice !

— L'empereur, à qui le dégoût du monde et le mépris des hommes, ont fait chercher le repos au pied des autels ; souviens-toi que tu lui dois une place dans tes prières.

» Adieu, maintenant ; voici ton cheval qu'on amène ; pars et n'oublie jamais frère Arsène.

— Sire, dit Josef en demeurant à genoux, votre majesté a déjà daigné me combler de bienfaits, et cependant j'ose encore solliciter une grâce de sa bonté.

— Laquelle, mon enfant ?

— Si vos mains impériales daignaient me bénir, je sens que cette bénédiction me donnerait la force de devenir digne des bienfaits que j'ai reçus. Elle jetterait sur moi une parcelle du génie que l'univers admire en vous. »

L'empereur ému étendit les mains sur le front du jeune homme...

« Seigneur, dit-il en élevant les yeux au ciel, bénissez cet enfant, conservez-le pur et digne de vous et soutenez-le dans les épreuves que lui prépare la vie. »

Josef se releva fièrement.

Puis il baisa la main de l'empereur, s'élança hardiment sur le cheval qu'avait amené le domestique de l'évêque, et manœuvra si fièrement le noble et fougueux coursier, que l'empereur ne put s'empêcher d'applaudir à la grâce et à l'adresse du hardi cavalier.

Il le salua de la main, et Josef partit au galop.

Talisman, joyeux, courait devant lui en jappant.

IV.

A Rome.

Chevaucher sur un beau cheval, posséder un joli chien, sentir sa poche pleine d'or, aller à

Rome et par-dessus tout se savoir le protégé d'un empereur, de l'empereur Charles-Quint; certes il y avait là de quoi enivrer une tête plus forte que celle d'un enfant de seize ans. Aussi Josef Ribeira fit-il, suivant l'expression espagnole, bouillir sa bourse à si grand feu, que le contenu ne tarda point à s'évaporer et à se dissiper en fumée. Quand il eut vendu son cheval et qu'il se fut embarqué pour l'Italie, à peine lui restait-il une somme suffisante pour gagner Rome; mais que lui importait? une fois dans cette ville ne savait-il pas qu'il y toucherait la pension promise par Charles-Quint?

Josef Ribeira et son ami Talisman firent donc leur entrée dans la capitale du monde chrétien, avec la confiance et la gaieté qui les avaient accompagnés durant la route. Ils s'aimaient plus que jamais et le temps n'avait fait que rendre plus passionnée leur amitié mutuelle.

Si parfois quelque incident venait à les séparer momentanément, soit que Talisman se fût trompé de route en poursuivant quelque oiseau, soit que Ribeira restât trop long-temps à dessiner des ruines antiques, ils se cherchaient l'un l'autre, en proie à une affreuse inquiétude, et se retrouvaient avec des transports de joie. C'étaient des larmes, des cris, des baisers, des reproches, des caresses sans fin. Saint Roch, tout saint qu'il fut, n'avait pas dans son chien un compagnon plus tendre et plus digne de tendresse.

Arrivé à Rome sans qu'il lui restât un maravédis, le premier soin de Josef fut de se rendre, suivant la recommandation de l'empereur Charles-Quint, chez l'ambassadeur d'Espagne pour y toucher un quartier de sa pension. Ce ne fut pas sans peine qu'il parvint jusqu'à don Hières-y-Lopa-y-Dolredo, chacun repoussait le pauvre jeune homme assez mesquinement vêtu d'un habit de voyage usé jusqu'à la corde ; enfin il fallut qu'il se séparât de Talisman qui jetait des cris pour pénétrer jusqu'à son maître dans le palais.

Quand Josef eut exposé sa requête à l'ambassadeur, celui-ci lui dit :

« Misérable escroc, vous arrivez trop tard ! hier encore j'aurais pu être dupe de votre friponnerie, mais sachez que depuis ce matin j'ai reçu la nouvelle de la mort du frère Arsène, père de notre auguste monarque, le roi Philippe. Vous saviez cette mort, vous croyiez que je l'ignorais, et vous vouliez profiter de cette circonstance pour me tromper. Sortez donc de mon palais, et si vous y reparaissez, mes valets vous en chasseront à grands coups de fouet. » Josef sortit en pleurant, non pas sur sa pauvreté qu'il avait oubliée, mais sur la mort de son bienfaiteur.

Après avoir erré quelque temps au hasard dans la ville, tout entier au sentiment de douleur qui le poignait, il s'assit sur une borne et demeura là, plongé dans ses tristes idées, la tête penchée et les yeux obscurcis par des pleurs :

peu à peu, à l'idée de la perte de son bienfaiteur vint se joindre le sentiment de l'abandon dans lequel le laissait cette perte. Le voilà seul au monde, dans un pays qui n'est pas le sien et dont il ne parle pas même la langue. Personne ne le connaît au milieu de cette ville inconnue, et il ne lui reste plus un seul appui sur la terre.

Tandis qu'il se livrait ainsi au désespoir, il sentit des lèvres tièdes qui effleuraient doucement sa main. C'était Talisman qui venait poser sa tête sur les genoux de son maître et qui, triste de sa tristesse, s'efforçait de le consoler à sa manière.

« Mon pauvre Talisman, dit le jeune homme, qu'allons-nous devenir, nous n'avons pas même de pain pour notre dîner d'aujourd'hui ? »

Talisman tenait fixés sur son maître ses yeux petillants d'intelligence et parut le comprendre, car il répondit à la plainte de Josef par un petit murmure plaintif. Puis il tourna la tête autour de lui et regarda comme pour chercher un expédient. Il ne tarda pas à apercevoir un vieillard que suivaient deux valets et que sa robe de pourpre annonçait être un cardinal. Sans se laisser intimider par le rang du prince de l'Eglise, il alla droit à lui, et parvint à fixer son attention au moyen de sauts et de cabrioles d'une légèreté fantastique. Après quoi il prit doucement dans sa gueule un pan de la robe du cardinal et l'attira avec mille manières plaisantes jusqu'à la boutique voisine d'un boulanger. Le cardinal émerveillé donna au chien un des plus gros pains de l'étalage. L'animal, sans hésiter, le prit délicatement dans sa gueule et alla le déposer sur les genoux de son maître, puis il s'assit devant lui comme pour attendre sa part.

Cette scène intéressait beaucoup le prince de l'Eglise, qui précisément était originaire d'Espagne. Il aborda Josef et l'interrogea : les réponses naïves du jeune homme plurent à son éminence don Gieronimo, et il proposa au pauvre abandonné de le faire entrer à son service. Ribeira accepta avec reconnaissance, mais en stipulant toutefois qu'il ne se séparerait point de Talisman.

« Soit, reprit le cardinal, je prends aussi le chien à mon service. »

Et il les emmena tous les deux.

Josef Ribeira, par son intelligence, sa gaieté et la douceur de son caractère, n'eut pas grand'-peine à se gagner la bienveillance de son maître, qui le fit admettre parmi les élèves de Michel-Ange Caravage. Par malheur, il n'en fut pas de même de Talisman. Il ne tarda point à devenir dans tout le palais un objet d'aversion. Obligé souvent de rester sans son maître, il se livrait aux équipées les plus extravagantes, brisait les vases précieux, ne respectait pas même les appartements du cardinal, et déchirait à belles dents les plus riches tapis. Les réprimandes et les coups n'y faisaient rien ; souple et docile en présence de Josef, il devenait en son absence un vrai démon incarné.

De pareils excès n'étaient pas supportables, et le cardinal signifia à son page qu'il eût à se défaire de son chien sur-le-champ. Ne pas obéir à cet ordre, c'était retomber dans la misère, c'était renoncer aux leçons de Caravage, c'était voir se fermer encore une fois, et pour toujours peut-être, la carrière artistique. Ribeira eut le douloureux courage d'obéir.

Il alla trouver une vieille femme qu'il connaissait dans un quartier éloigné, lui confia Talisman, et convint avec elle qu'elle en prendrait soin et le retiendrait chez elle en échange d'un salaire qui fut fixé et que Josef devait payer sur ses gages. Ces conditions arrêtées, il baisa tendrement le chien et revint au palais le cœur plein de tristesse.

Quelques heures après, il entendit un grand bruit dans la cour, on jetait des cris perçants, et des aboiements furieux se mêlaient à des plaintes et à des invectives. Accouru sur les lieux où se passait la scène, Josef reconnut Talisman ; il se débattait bravement contre les valets qui lui barraient le passage à grands coups de fouet. L'un d'eux, mordu à la jambe et mis hors de combat, gisait à terre et cherchait à étancher le sang qui coulait de sa blessure; un autre portait imprimées sur son visage même les dents du chien, et un troisième, saisi à la gorge, allait tomber étranglé. A la vue de son maître, Talisman oublia tout, combats, colère, coups, ennemis, il vint se blottir à ses pieds, qu'il lécha tendrement, et jeta de petits cris comme pour lui reprocher d'avoir pu l'abandonner.

Josef, en présence de tant de dévouement, ne se sentit même pas la force de gronder Talisman.

Mais il n'en était pas de même des domestiques et de l'intendant du cardinal. Celui-ci donna l'ordre de tuer sur-le-champ un chien aussi dangereux.

« Jamais! jamais! s'écria Josef en se mettant au-devant de Talisman.

— Vous résistez aux ordres de votre maître? demanda l'intendant.

— Eh! bien, je n'ai plus de maître, reprit Ribeira; plutôt la pauvreté, plutôt la faim que l'ingratitude. Vous n'aurez rien à redouter désormais de mon chien, car nous allons tous les deux quitter ce palais. »

Il monta dans sa chambrette, quitta la riche livrée qu'il portait, reprit ses humbles vêtements de voyage, et sortit emmenant avec lui Talisman, qui passa avec fierté au milieu des domestiques et leur montra en menaçant la double rangée de ses dents blanches.

Maître de sa personne, Ribeira résolut d'aller visiter Naples, et partit en effet pour cette ville. Il gagna sa vie, chemin faisant, en peignant des portraits qu'on lui payait un écu romain. Quand il arriva au but de son voyage, la fatigue et les privations qu'il avait supportées le firent tomber gravement malade. Des passants, appelés par les cris de Talisman, trouvèrent un matin le pauvre garçon évanoui sur la voie publique, et le portèrent dans un hôpital.

Talisman, comme vous le comprenez, ne fut point admis à suivre son maître. Soit qu'il se souvînt de la sévère leçon qu'il avait reçue chez le cardinal, soit qu'il devinât la gravité de sa position, il n'eut point recours à la violence pour entrer. Assis sur le seuil de la maison de charité, triste, refusant la nourriture qu'on lui offrait, il prodiguait les plus humbles caresses aux religieuses, quand une d'elles venait par hasard à sortir. A la fin, elles prirent pitié de lui, et le laissèrent un matin se glisser à travers la porte entr'ouverte. Il profita de cette faveur avec une réserve extrême, rampa plutôt qu'il ne marcha, et prit soin d'éviter les regards. Ce fut en allant par dessous les lits qu'il arriva jusqu'à son maître. Il avait bonne envie de sauter sur le grabat, mais un regard d'une sœur réprima ce désir ; il se contenta de se lever sur ses pattes de derrière et d'approcher son gros museau du visage pâle et fiévreux de son maître. Je vous laisse à penser la joie de ce dernier et les transports auxquels il se livra.

Talisman, comme s'il eût compris que ces émotions pouvaient êter nuisibles au malade, se glissa sous le lit et désormais ne bougea plus de cette place.

Il était toujours là, épiant un mouvement, un geste qui l'appelât, et aussitôt il sortait sa tête et venait lécher la main qui s'étendait vers lui. Quant aux employés de l'hospice et aux religieuses, il se montrait pour eux d'une docilité et d'une prévenance sans exemple. Il inventa mille singeries qui finirent par lui gagner l'affection générale de la maison : il ne se prévalut pas de cette faveur et en usa si sobrement que les médecins eux-mêmes finirent par tolérer sa présence illicite.

Enfin la convalescence commença pour Ribeira, et un matin il put quitter sa couche et aller s'asseoir dans le jardin au tiède soleil du printemps. Talisman se coucha, présenta son corps soyeux à la tête de Josef en guise d'oreiller, et se mit à lécher doucement le front que la fièvre avait si douloureusement blêmi.

— Le groupe charmant que cela ferait dans un tableau! dit un des médecins qui vint à passer.

Ribeira entendit ces paroles, et le soir même il traça, de la scène de la veille, une esquisse qu'il présenta le lendemain au médecin, quand ce dernier fit sa visite.

— Mon ami, dit le docteur après avoir quelque temps considéré en silence l'ébauche, vous allez venir passer chez moi le temps de votre convalescence; vous y peindrez pendant ce temps le tableau dont voici la première pensée.

Le soir même Josef Ribeira se trouva installé dans une jolie petite chambrette bien commode et voisine d'un atelier dont les fenêtres ouvraient sur un magnifique jardin.

Talisman, qui parut fort satisfait de ce changement de demeure, établit son domicile sur une belle peau de tigre qui servait de tapis de pied au lit de son maître.

V.

Dénouement.

Dans sa nouvelle demeure et chez le protecteur qui l'avait accueilli, Josef Ribeira était, suivant l'expression de Dante, passé de l'hiver au printemps, de l'enfer au paradis. Non-seulement il recouvrait tout à fait la santé, au milieu des joies ineffables et mystérieuses de la conva-

lescence, mais encore il se livrait tout entier à

l'étude de son art : débarrassé des liens du besoin, il marchait à grands pas dans la carrière du talent.

Du sujet que lui avait indiqué le médecin, il fit un saint Roch endormi. Quand ce tableau important fut terminé, il le plaça au balcon de son atelier, afin que l'ardeur du soleil en fît sécher et solidifier la peinture.

Une demi-heure après, il entendit sous ses fenêtres un grand bruit ; il s'avança pour connaître la cause de ce tumulte ; une foule immense rassemblée devant son tableau le contemplait avec admiration et exprimait son enthousiasme par des cris et par des applaudissements. Jugez du bonheur qu'éprouvait l'artiste si long-temps méconnu, en entendant tout un peuple attester le génie du pauvre jeune homme, qui naguère ne trouvait pas à échanger une de ses toiles contre un morceau de pain.

Le nombre des spectateurs s'accrut à un tel point et la rumeur prit un caractère si tumultueux, qu'à la petite cour espagnole qui gouvernait alors Naples, on crut qu'un nouveau Mazaniello haranguait le peuple et l'excitait à la révolte. Le vice-roi sortit même en armes à la tête de ses troupes ; mais il ne tarda point à sourire de ses craintes qu'il oublia lorsqu'il en connut le motif. Et après avoir admiré le tableau qui les avait fait naître, sa joie fut grande quand il apprit que le jeune peintre était un Espagnol et son compatriote. Il le nomma aussitôt son peintre particulier avec une riche pension et lui offrit un appartement dans son propre palais.

« Monseigneur, répondit respectueusement Ribeira, un protecteur m'a recueilli chez lui quand j'étais pauvre et inconnu ; daignez me permettre de rester près de lui maintenant que la fortune et la renommée m'arrivent. Il a pris sa part de ma misère, laissez-moi lui donner sa part de mon bonheur.

— Je serais injuste de séparer deux cœurs si nobles, répondit le vice-roi. Je vous ai nommé mon peintre, je le nomme mon médecin. A ce titre, il a droit aussi à un logement dans mon palais. »

Cependant le bruit de la munificence du vice-roi ne tarda point à se répandre parmi la foule. Quand on vit sortir le prince ayant à sa droite le docteur et à sa gauche Josef, l'enthousiasme ne connut plus de bornes. Des jeunes gens s'emparèrent du tableau pour le porter devant le cortége, et ce fut avec une véritable pompe triomphale que Ribeira fit son entrée dans le palais ducal.

Talisman, grave et digne, comme il convient à un épagneul de grand artiste, marcha près de son maître sans affectation comme sans fausse modestie. Il savait que sa beauté entrait pour quelque chose dans le succès du peintre, puisqu'il lui avait servi de modèle ; d'ailleurs n'était-il pas son plus ancien et son plus tendre ami ?

A dater de ce jour, la fortune mit autant d'empressement à combler Ribeira de ses faveurs qu'elle s'était tenue jusque-là pour lui rigoureuse et avare. Il s'en montra digne par son ardeur au travail et par les grandes choses qu'il produisit.

Parmi les œuvres capitales qu'on lui doit à cette époque, on cite particulièrement plusieurs tableaux exécutés pour le couvent de Saint-François-Xavier et de Jesu-Nuovo. Il fit pour la chapelle du Trésor, dans la cathédrale, sous la coupole peinte par Lanfranc, le *Saint Janvier sortant du four*, et enfin, pour les Chartreux, la fameuse *Descente de croix*, le chef-d'œuvre des tableaux que Naples ait conservés du peintre espagnol. Plusieurs de ses ouvrages se répandirent dans le reste de l'Italie et de l'Europe ; mais le plus grand nombre retourna dans sa patrie. Naples était alors une province d'Espagne; tous les grands seigneurs qui s'y rendaient en parties de plaisir, et le vice-roi, comte de Monterey, qu'il appelait son Mécène, et Philippe enfin, si passionné pour les beaux-arts, comblèrent à l'envi Ribeira de commandes richement rétribuées. L'étudiant déguenillé des rues de Rome devint bientôt le plus opulent, le plus somptueux des artistes, l'égal des grands et des princes. Il ne sortait jamais qu'en carrosse, circonstance qui formait, il y a deux siècles, les limites du luxe et de l'ostentation.

L'on raconte qu'un jour deux officiers de sa nation, infatués des prétendus miracles de l'alchimie, vinrent lui offrir une part dans leur fortune imaginaire s'il voulait avancer les fonds nécessaires aux premières recherches de la pierre philosophale. « Moi aussi je fais de l'or, leur répondit mystérieusement Ribeira, venez demain, je vous montrerai mon secret. »

Fidèles au rendez-vous, les deux alchimistes trouvent le lendemain Ribeira dans son atelier, donnant à un tableau les dernières retouches. Il appelle un domestique et le charge de porter ce tableau chez tel marchand qui lui comptera quatre cents ducats ; puis le domestique revenu et jetant les rouleaux sur la table :

« Messeigneurs, dit le peintre, voilà de l'or de bon aloi sorti de mon creuset ; je n'ai pas besoin d'autre secret pour m'en procurer en abondance. »

L'Académie de Saint-Luc s'empressa de recevoir Ribeira parmi ses membres, et le pape le décora de l'ordre du Christ. Enfin un mariage heureux et brillant vint mettre le comble à tant de félicités. Ce fut encore Talisman qui valut ce dernier bonheur à son maître. Un soir, seul avec son chien, Ribeira se promenait dans une partie écartée du port de Marseille. Il ne tarda point à distinguer sur l'eau, à peu de distance, une gondole dans laquelle se trouvaient quelques personnes, et qui revenait vers la ville. En effet, la petite embarcation allait atteindre le bord, lorsque tout à coup elle se heurta brusquement contre un objet caché sous l'eau. Par cette brusque secousse, deux personnes tombèrent à la mer, une jeune fille et un enfant. Plus prompt que l'éclair, l'habile nageur Ribeira se jeta dans les flots et sauva à l'instant la femme; mais l'enfant avait disparu, et, dans le désordre de l'accident, personne ne s'était aperçu du second malheur qui était arrivé. Jugez du désespoir de l'infortunée jeune fille : « Mon frère ! s'écria-t-elle, mon frère ! oh ! rendez-moi mon frère ! »

En ce moment, on entendit un léger bruit dans l'eau... c'était Talisman dont la gueule tenait l'enfant par ses vêtements. Après avoir sauté sur le rivage, il vint déposer le fardeau aux pieds de son maître. L'enfant, qui n'avait pas même compris le péril qu'il courait, tendit les bras à sa sœur pour l'embrasser. Je vous laisse à penser la joie de dona Giuseppa et les caresses dont elle combla Talisman.

Le père des deux personnes qui devaient la vie à Ribeira et à Talisman vint le lendemain remercier le peintre et lui exprimer sa reconnaissance. Ribeira ne cacha point l'impression qu'avait produite sur lui la beauté de dona Giuseppa, et à trois mois de là, le mariage de Josef et de la jeune fille se célébra avec une pompe dont s'émerveilla toute la ville de Naples. On remarqua parmi les détails de cette fête presque royale et à laquelle assista le vice-roi, une petite fille de deux ans qui conduisait en lesse un magnifique chien épagneul pour lequel on avait placé dans l'église, aux pieds mêmes de la mariée, un coussin de velours cramoisi, bordé de crépines d'or. Le chien s'y blottit paisiblement devant sa nouvelle maîtresse. Quand il sortit, le peuple, qui avait appris le courage avec lequel il avait sauvé un enfant, cria :

« Vive le chien ! »

Talisman parut sensible à cet honneur rendu à sa bravoure ; mais il leva la tête vers son maître, comme pour lui en faire hommage, et lécha doucement la main que Ribeira lui tendit.

Tant de bonheur, tant de gloire devaient exciter la jalousie et faire naître l'envie. De toutes parts les peintres dont Ribeira était venu surpasser et éclipser la renommée se liguèrent contre lui ; de là, ces *fazzioni di pittori*, ces factions de peintres dont l'Italie eut à rougir et qui rabaissèrent l'art jusqu'à l'intrigue, et même jusqu'à l'assassinat.

Toutes les armes étaient bonnes aux *fazzioni* pour en venir à leurs fins : la calomnie et le poignard. Aussi lorsque le pape appela Ribeira à Rome pour y recevoir la commande d'importants travaux, sa femme, le beau-père de l'artiste et le vieux médecin, son ami, se réunirent à ses élèves pour le détourner de ce voyage ; mais Ribeira sourit de leurs craintes et partit avec Talisman.

Un soir, il resta fort tard au Vatican, où le pape l'avait retenu plus long-temps que d'habitude. Sa Sainteté, qui savait par la renommée l'histoire de Talisman, avait voulu voir ce chien si justement célèbre et n'avait pas dédaigné de lui offrir, de ses mains augustes, des gimbelettes et de la crème. L'intelligence et la douceur de l'épagneul l'avaient beaucoup amusé.

Au moment du départ, on voulut donner une escorte à Ribeira pour retourner à son logis; mais il dédaigna de pareilles précautions, se contenta d'assurer le ceinturon de son épée, et se mit gaiement en route.

Arrivé dans une rue détournée, il trébucha tout à coup et tomba rudement la face contre terre. On avait traîtreusement tendu une corde dans la rue; la violence de la chute fut telle qu'il en perdit quelques instants connaissance, et qu'il ne put se défendre contre un homme qui se jeta sur lui le poignard à la main.

Au moment de frapper Ribeira, l'assassin se sentit lui-même saisir à la gorge : c'était Talisman qui venait en aide à son maître. Une lutte terrible s'engagea entre le meurtrier et le chien; le scélérat frappa de trois coups de poignard le noble animal, mais celui-ci ne lâcha point prise et n'en serra que plus étroitement sa mortelle étreinte.

Tous les deux tombèrent bientôt sur le pavé

et s'y débattirent long-temps; enfin, Ribeira, revenu de son court évanouissement, put se relever et venir en aide au fidèle Talisman. Talisman était vainqueur, le spadassin n'existait plus.

Ribeira, sans même songer que son ennemi pouvait n'être point seul, s'empressa de visiter les blessures de Talisman. Hélas! elles étaient d'une gravité qui ne laissait que peu d'espérances. Il prit dans ses bras le jeune chien et le porta chez un chirurgien célèbre qu'il savait demeurer dans le voisinage.

« Sauvez-le, dit-il en pleurant, sauvez-le, et le plus beau de mes tableaux est à vous ! »

Le chirurgien sonda les plaies de Talisman, soupira et se mit à panser les blessures, mais sans espoir de les voir jamais se cicatriser.

Le lendemain toute la ville de Rome apprit en même temps la faveur dont Sa Sainteté avait comblé Talisman, l'héroïsme du brave chien et le péril qu'il courait. Aussitôt chacun voulut avoir des nouvelles du blessé, et la maison où logeait Ribeira fut bientôt entourée d'une foule considérable qui venait protester contre ce lâche crime commis par de misérables envieux, et témoigner sa sympathie pour Talisman, qui avait empêché ce crime.

Pendant ce temps-là, Talisman, étendu sur un coussin et la tête soutenue par son maître lui-même, était entouré des médecins les plus célèbres de Rome. Ils étaient venus avec empressement joindre leurs lumières à celles de leur confrère pour tâcher de sauver la vie de l'épagneul.

Tout à coup ce dernier fit un effort, souleva la tête, regarda son maître avec tendresse, lui lécha les mains et retomba.

« Oh ! dit Ribeira, le visage baigné de larmes, j'aurais donné ma fortune entière pour le sauver. »

TABLE.

ON TROUVE ÉGALEMENT A LA LIBRAIRIE DE PAUL MELLIER

Histoire de N.-S. Jésus-Christ et des Apôtres, uniquement composée avec les quatre Evangiles fondus ensemble, disposés d'une manière méthodique, expliqués, développés et prouvés par les Prophètes, les Apôtres, les Pères de l'Eglise, les Conciles, les Papes, les monuments religieux des anciens peuples, les auteurs juifs et païens, les apologistes de la religion et les savants modernes. Présentant un corps complet des doctrines et des preuves de la religion, tirées des seuls auteurs qui ont autorité, par A.-J.-L.-B. DE JESSE. 2 beaux vol. in-8. Prix, broché : 12 fr.

Philosophie sociale de la Bible, par M. l'abbé F.-B. CLÉMENT.

Et fiet unum ovile, et unus pastor.—Il y aura un bercail, et un pasteur.
S. JEAN, X, 16.

2 vol. in-8. Prix, broché : 15 fr.

De l'Harmonie entre l'Eglise et la Synagogue, ou Perpétuité et Catholicité de la Religion chrétienne, par le chevalier P.-L.-B. DRACH, docteur en philosophie et ès-lettres, de l'Academie pontificale de religion catholique, de celle des Arcadiens, de la Société asiatique de Paris, de la société Foi et Lumière de Nancy, etc.; membre de la Légion-d'honneur, de Saint-Grégoire le Grand, de Saint-Louis, Mérite civil de Lucques, 2e classe; de Saint-Sylvestre, etc.; bibliothécaire honoraire de la sainte Congrégation de la Propagande. 2 forts vol. in-8. Prix, broché, 15 fr.

Le tome Ier, contenant le Traité complet de la doctrine de la très-sainte Trinité dans la synagogue ancienne, est en vente. Le tome II est divisé en deux parties, dont la première traite de la très-sainte Vierge, et la seconde de la Personne adorable de N.-S. J.-C. Il est précédé d'une *Notice sur la cabale,* travail qui a déjà obtenu des suffrages fort honorables.

Histoire religieuse, politique et littéraire de la Compagnie de Jésus, publiée sur les documents authentiques et inédits; par M. CRÉTINEAU-JOLY, auteur de l'*Histoire de la Vendée militaire.* Ouvrage orné de portraits et d'autographes des principaux personnages de la société. 5 beaux vol. in-8. Prix, broché : 37 fr. 50 c.

Quatre volumes ont paru; le 5e paraîtra à la fin de mai.

Dictionnaire des prédicateurs, ou Choix de Sermons entiers prononcés par les Auteurs les plus célèbres, réunis et classés par ordre alphabétique des matières par une Société d'Ecclésiastiques distingués, sous la direction d'un ancien vicaire-général de Besançon. 5 gros vol. grand in-8 sur deux colonnes, contenant chacun 600 pages et la matière de 7 à 8 volumes du format ordinaire. Prix, broché : 32 fr.

Atlas des prédicateurs, ou Plans de Sermons mis en tableaux synoptiques, à l'usage des Ecclésiastiques qui veulent se livrer à l'improvisation ou à la pratique de la méditation; par M. l'abbé THARIN, ancien vicaire-général de Besançon. 1 vol. in-4 oblong. Prix, broché : 12 fr.

IMPRIMÉ PAR PLON FRÈRES, A PARIS.

www.ingramcontent.com/pod-product-compliance
Ingram Content Group UK Ltd.
Pitfield, Milton Keynes, MK11 3LW, UK
UKHW020345250726
13967UKWH00005B/2131